¡Socorro!
¡Un vampiro!

¡Listo, Calixto!

¡Socorro! ¡Un vampiro!

ABBY KLEIN

ilustrado por
JOHN MCKINLEY

SCHOLASTIC INC.

New York Toronto London Auckland Sydney
Mexico City New Delhi Hong Kong Buenos Aires

A Toes y Schmoopie, para que nunca
dejen de tener dulces sueños.
¡Los quiero!
—Mooka, alias Mama

Originally published in English as *Ready, Freddy!: Help! A Vampire's Coming!*
Translated by Iñigo Javaloyes.

ISBN-13: 978-0-545-16055-1
ISBN-10: 0-545-16055-3

Text copyright © 2005 by Abby Klein
Illustrations copyright © 2005 by John McKinley
Translation copyright © 2009 by Scholastic Inc.
Special thanks to Robert Martin Staenberg.
All rights reserved. Published by Scholastic Inc.

SCHOLASTIC, SCHOLASTIC EN ESPAÑOL, and associated logos are trademarks and/or registered trademarks of Scholastic Inc.

12 11 10 9 8 7 6   16 17 18 19/0

Printed in the U.S.A.
First Spanish printing, October 2009

CAPÍTULOS

Tengo un problema.

Un problema muy,

pero que muy serio.

Tengo unas pesadillas terribles

sobre un vampiro.

Ahora mismo te lo cuento.

CAPÍTULO 1

¡A dormir!

—¡Calixto! —gritó mi mamá—. ¡Apaga el televisor! ¡Es hora de ir a la cama! ¡Mañana hay que ir a la escuela!

—Sólo cinco minutitos, POR FAVOOOR, mamá. Este es mi episodio favorito del *Capitán Recaredo*.

—¡No! ¡Ahora mismo! Apaga el televisor inmediatamente y vete a lavarte los dientes. Se está haciendo tarde.

—¿Puedo tomarme un vaso de agua?

—Te he dicho que vayas a lavarte los dientes.

—Pero es que tengo mucha sed.

—Bueno, está bien, pero date prisa.

Me serví un vaso de agua y luego fui al baño a lavarme los dientes. Ya puedo lavarme los dientes yo solito. Hasta tengo mi propia pasta de dientes con sabor a chicle.

Me encanta mirarme al espejo y cantar mientras me cepillo. "Frifré, frifreé, miiii, me, mo, mifriii, frifreé".

—Calixto, ¿has acabado ya? —dijo mamá acercándose por el pasillo.

—¡Cafsi!

En ese momento mamá entró en el baño.

—Calixto, escupe de una vez. Es hora de ir a dormir —dijo.

—¡FUAAAAS!

Casi todo el escupitajo fue a parar al espejo.

—¡Calixto! Fíjate en lo que haces —gritó mamá enfurecida—. ¡Mira cómo has dejado el espejo! ¡Qué desastre!

—Yo lo limpio, mamá.

—No, luego me encargo yo. Es hora de dormir. Vete a tu cuarto, ¡ahora mismo!

—¡Bueno, bueno! ¡Ya voy!

Me metí en la cama y mamá me leyó un cuento de hadas de un libro que mi abuelo me regaló en la Navidad. Es súper chévere. Tiene caballeros y dragones gigantes. Me encanta cuando el caballero le corta la cabeza al dragón.

Mamá terminó el cuento.

—Vamos, dormilón —dijo.

Estiró la colcha de tiburones, metió las sábanas bajo el colchón y me dio un beso.

—Que tengas dulces sueños. Hasta mañana.

—Buenas noches, mamá. Te quiero.

Mamá apagó la luz y cerró la puerta.

—¡MAMÁ! —grité.

Abrió la puerta.

—¿Qué?

—Papá todavía no me ha dado un beso de buenas noches.

—Iré a buscarlo. Tú quédate en la cama.

Mi papá vino y me dio un abrazo de oso y un beso enorme.

—Buenas noches, Ratoncito. Que duermas bien.

—Buenas noches, papá. Te quiero.

Mi papá cerró la puerta y se alejó por el pasillo.

—¡PAPÁ!

Abrió la puerta.

—¿Qué, hijo?

—Tengo que ir al baño.

—¿No orinaste cuando te lavaste los dientes?

—Se me olvidó.

—Vamos, date prisa, Ratón. Ya es hora de dormir.

Fui al baño, pero la puerta estaba cerrada con seguro. Mi hermana, Susi, estaba dentro. Se pasa el día entero en el baño mirándose en el espejo, pensando en lo hermosa que es.

Golpeé la puerta.

—Oye, cabeza de chorlito. Abre la puerta.

—¿Y por qué tengo que abrirla, cara de sapo? —dijo Susi.

—Porque tengo que orinar.

—Vete al baño de mamá y papá.

—¡Susi! —gritó papá—. ¿Qué estás haciendo?

—¡Me estoy cepillando el pelo!

—Bueno, pues abre la puerta. Tu hermano tiene que orinar.

—Bueno, está bien. Pero no sé porqué el bebito de la casa no puede usar tu baño —dijo abriendo la puerta.

—Suuusiiii —dijo papá—, te he dicho mil veces que no llames bebé a tu hermano.

Le saqué la lengua a Susi y me abrí paso.

—¡Papá! ¡Calixto me sacó la lengua!

—Ustedes dos, ¡se acabó! Calixto, a la cama. Deberías estar durmiendo.

Terminé de orinar y me metí en la cama. Mi papá me tapó con las sábanas y cerró la puerta.

—Papá —llamé.

Abrió la puerta irritado.

—¿AHORA QUÉ?

—Se te ha olvidado darme un beso.

—Ya te he dado un beso.

—Esta vez no.

—Calixto, voy darte un solo beso más, ¿me oyes? Y ahora, ¡¡¡A... DOR... MIR!!!

Me dio un beso, apagó la luz y cerró la puerta.

Me quedé mirando el techo. No quería cerrar los ojos porque en cuanto me quedaba dormido... APARECÍAN. Pesadillas. Horrendas y aterradoras pesadillas. No me las podía quitar de la cabeza y me daban un miedo tremendo. Pero no se lo quería contar a nadie para que mi hermana no pensara que soy un bebé. El corazón me empezó a latir con fuerza.

—¡MAMÁ! ¡PAPÁ! —grité.

Me quedé esperando pero no hubo respuesta. Así que lo intenté de nuevo. Esta vez grité un poco más fuerte:

—¡MAMÁ! ¡PAPÁ! ¡Los necesito!

Todo siguió en silencio. Así que me levanté y me fui a la sala de estar. Entré en puntillas y toqué a mamá en el hombro.

—¡AAAAAH! —gritó—. Calixto, eres tú. Me has dado tremendo susto. ¿Qué haces aquí?

—Es que tengo sed, mamá. ¿Puedo tomarme un vaso de agua?

—Ya te tomaste uno antes de acostarte.

—Pero es que tengo muchísima sed, POR FAVOOOOR.

—Si te dejo tomar un sorbito de agua, ¿me prometes que te quedarás en la cama?

—De acuerdo. Lo prometo.

Mamá me trajo un poco de agua.

—Sólo un sorbito. No quiero que tengas un accidente.

Tomé un par de sorbitos y mamá me llevó de regreso a la cama.

—Buenas noches, Calixto —me dijo irritada mientras cerraba la puerta.

Yo no quería que se fuera. No quería

quedarme solo en la habitación.

—¿Mamá?

Abrió la puerta.

—¡¡¿QUÉ?!!

—¿Con qué puedo soñar?

—No lo sé... veamos... ¿por qué no sueñas con la escuela?

—No, no quiero soñar con eso.

—Que juegas al basquetbol con Robi.

—No, no.

—Tu excursión a la playa.

—¿Otra vez?

—Jovencito, no me voy a quedar aquí toda la noche. Te recuerdo que es tarde y que mañana tienes que ir a la escuela. Y si vuelves a salir de la cama tendré que castigarte. ¿Me comprendes?

—Y si me entran ganas de ir al baño en medio de la noche, ¿podré ir al baño?

—Sí, podrás —dijo mamá dejando escapar un largo suspiro—. Claro que podrás levantarte a ir al baño. Pero no hay ninguna razón para que salgas más de tu cama. Así que a dormir.

Entonces, mamá se dio la vuelta, caminó hacia la puerta y la cerró tras de sí de un portazo. Pude oír sus pasos alejándose por el pasillo.

Me quedé solito en mi habitación.

Sólo yo y mis pesadillas.

Y no sabía cómo deshacerme de ellas. No tenía ni la más remota idea.

Me di la vuelta y abracé a mis tres animales favoritos: Muelas, el tiburón, Edi, el perrito, y el mono Bananas. Los apreté con fuerza.

—En fin, muchachos, creo que esta noche va a ser muy larga —susurré—. Voy a mantener los ojos bien abiertos para no tener pesadillas. Así que me voy a quedar toda la noche

despierto. Ustedes me harán compañía.

Me recosté en la almohada y me quedé mirando el techo mientras mi corazón latía con fuerza en el pecho. ¡PUM! ¡PUM! ¡PUM!

CAPÍTULO 2

Agotado

Me quedé en vela casi toda la noche porque en cuanto empezaba a dormirme asomaban las pesadillas y volvía a abrir los ojos para que se fueran.

A la mañana siguiente, cuando sonó la alarma, me llevé tal susto que me caí al piso de cabeza.

—¡AAAAAY!

—¡Calixto! —gritó mamá desde la cocina—. ¡Vamos, baja a desayunar!

Me metí en la cama otra vez. Sólo cinco minutitos más. Y cerré los ojos porque ya era de día. Cuando sale el sol las pesadillas se esconden.

Me debí quedar dormido porque lo único que recuerdo es la cabezota de mi hermana encima de mí gritando:

—¡Arriba, bebé! Dice mamá que como no estés desayunando en cinco minutos vamos a perder el autobús. ¡Y yo no pienso esperarte!

Salí de la cama con mucho pesar, me vestí y bajé muerto de sueño por las escaleras.

—Bueno, miren quién está aquí —dijo mamá—. La Bella Durmiente.

—A mí me recuerda más a las hermanastras feas —dijo Susi entre risas—. Parece que alguien de esta casa se ha levantado con el pie izquierdo.

—Déjalo en paz —dijo papá sin bajar el periódico.

Estaba tan cansado que bostecé como un león.

—AAAAAAAAAUUU.

—¿Ves, Calixto? —dijo mamá—. Eso es lo que pasa cuando no duermes lo suficiente. Hay que acostarse más temprano.

Tenía tanto sueño que apenas podía mantener la cabeza erguida. Mientras mamá hablaba, sentí mi cabeza balancearse de adelante hacia atrás.

Y entonces, ante el asombro de todos, *plof*, metí la cara de lleno en mi desayuno. Apenas podía ver con toda la avena que tenía pegada a las pestañas.

—Ja, ja, ja… ¡miren a Calixto! ¡Esto es lo más cómico que he visto en mi vida! —dijo Susi con una risita histérica.

—¡Calixto! —gritó mamá, y vino corriendo a sacarme la cara del tazón. Tenía toda la cara cubierta de avena—. ¿Estás bien?

—Sí, fenomenal —contesté mientras un pegote de avena se deslizaba por mi pelo.

Mamá me lavó y me dio otro tazón de avena.

—Bueno, Calixto, se acabó. Ya no hay más *Capitán Recaredo* por la noche. Irás a la cama temprano. Está decidido.

—Pero mamá...

—Ni pero, ni nada. Estás agotado. Mírate. ¿Cómo vas a mantenerte despierto en la escuela?

—¿Y por qué no dejas que hoy me quede en casa, mamá?

—¡Eh, no es justo! —protestó Susi.

—Susi, cállate —dijo mamá—. Tú de qué te quejas. ¿Acaso he dicho que Calixto se va a quedar en casa? Calixto, vas a la escuela. Estar cansado no es razón suficiente para quedarse en casa. Lo único que tienes que hacer es dormir esta noche.

—Sí, así de sencillo, ¿no? —dije entre dientes—. Tú no tienes pesadillas.

—Bueno, yo tengo que irme —dijo Susi, y agarró su mochila y se fue hacia la puerta—. No quiero perder el autobús.

—Espera a tu hermano —dijo papá.

—¡Eso, espérame! —le dije mientras agarraba mi mochila de aleta de tiburón y corría hacia la puerta.

Pero Susi me detuvo.

—¿Se puede saber a dónde vas, cara de sapo? —dijo.

—Pues al autobús.

—¿Así? —dijo riéndose.

—¿Cómo que 'así'?

—¡En calzoncillos!

—¿Eh?—. Miré hacia abajo. Sólo llevaba mi camiseta, mis calzoncillos y mis calcetines. No llevaba ni pantalones, ni zapatos.

—Seguro que a tu novia Sonia le encantará verte en tus calzoncillos de tiburón blanco. ¡Son tan lindos!

—No es mi novia —le dije mientras me tapaba con las manos—. Se me olvidó ponerme los pantalones, eso es todo.

—Pues date prisa y póntelos. El autobús está a punto de llegar y no pienso esperarte.

Subí a toda prisa, me puse los pantalones y los zapatos y volví abajo justo en el instante en que el autobús estacionaba enfrente de la casa.

Iba tan alocado que al salir me tropecé y me rocé la rodilla en la acera.

Ya dentro del autobús, me recosté en mi asiento para echar una siestecita antes de llegar a la escuela.

CAPÍTULO 3

Tu peor pesadilla

Desde el más profundo sueño sentí un dolor punzante en mi costado. Era mi hermana. Me estaba metiendo el codo en las costillas.

—Ding, dong, despierta. Ya hemos llegado.

—¿Eh? ¿Qué? —me incorporé y me froté los ojos—. ¿Qué hora es?

—Es la hora de bajarse del autobús, cabezón. Y, por cierto, yo me limpiaría la baba del mentón —dijo riéndose mientras salía del autobús a toda prisa.

Me sequé la barbilla con la manga de la camisa y me bajé del autobús lo más rápido que pude. Tuve que entornar los ojos porque la luz del sol me molestaba.

No sé ni cómo encontré el salón de clases 3. Cuando llegué ya debía haber sonado el timbre porque casi todos mis compañeros habían colgado sus mochilas y estaban sentados en la alfombra.

Guardé mis cosas y me senté junto a Robi, mi mejor amigo. La Srta. Prats estaba pasando lista.

—Maxi.

—Presente.

—Sonia.

—Presente.

—Robi.

—Presente.

—Calixto.

Silencio.

—Calixto está aquí. Lo he visto entrar —dijo la Srta. Prats.

—Oye —susurró Robi—. Creo que ha dicho tu nombre.

—Oh, ¿eh? Presente —dije entre bostezos.

—Oye, tienes un aspecto terrible —dijo
Robi—. ¿Estás bien?

—Anoche no dormí muy bien—. Volví a
bostezar.

En cuanto terminó de pasar lista, la Srta.

Prats nos empezó a dar instrucciones para las tareas de la mañana. "Primero, recorten el... bla, bla, bla".

Me resultaba imposible concentrarme. Tenía los párpados pesados y me zumbaban los oídos.

—¡Calixto! ¡Eh, Calixto! —me susurró Robi dándome con el codo—. La Srta. Prats te está haciendo una pregunta.

—¿Eh? Oh, sí, Srta. Prats. Hola.

—Calixto, por favor, explica a tus compañeros qué hay que hacer después de recortar todas las piezas.

—Ah... ¿Eh? Sí... No, no lo sé.

—Pues tienes que prestar más atención cuando doy las instrucciones. ¿Quién puede decirle a Calixto qué tiene que hacer?

—¡Yo! —dijo Cleo agitando la mano como una loca.

—Qué desastre —murmuré entre dientes.

La Srta. Prats acabó de explicar cómo se colocaban las piezas recortadas y todos nos fuimos a trabajar a nuestro sitio. Tenía que aguantarme la cabeza con la mano, así que sólo me quedaba la otra para hacer todo el trabajo. Recortar con una mano no es nada fácil.

—¿Por qué estás tan cansado? —preguntó Robi.

—No puedo dormir. Tengo unas pesadillas terribles que se repiten una y otra vez. A veces me persigue un vampiro enorme y espantoso y yo no puedo escapar. Me atrapa y me chupa toda la sangre—. El corazón me latió con fuerza sólo de recordarlo.

—¡Qué chévere! —dijo Maxi riéndose. Maxi es el niño más abusón de todo primer grado—. No puedo creer que eso te dé miedo. Eres un bebé.

—Pues claro que no —dijo Sonia—. Yo también he tenido pesadillas horribles de vampiros. Me chupaban la sangre y luego me cortaban en trocitos y me tragaban entera. Era horroroso.

—Cállense todos ahora mismo —dijo Cleo dando una patadita en el piso y tapándose los oídos—. No digan esas cosas. Me están asustando.

—Pues a mí ya no me da miedo —dijo Sonia—, porque mi abuela me dijo que a los vampiros no les gusta el ajo.

—¿Y? —dije yo.

—¿Cómo que *y*? No seas tonto. Puse ajo en mi dormitorio para que no vinieran.

—¿Y funciona de verdad?

—Pues sí —dijo Sonia—. Ya no he vuelto a tener sueños de vampiros.

—¡Qué bien! Gracias, Sonia. Ya sé qué voy a hacer en cuanto vuelva a casa.

"Si es que logro mantenerme despierto hasta entonces", pensé.

CAPÍTULO 4

La misión secreta

Esa tarde Robi venía a mi casa a jugar, así que pensé que los dos podríamos ir en una misión secreta para conseguir ajo. Trazamos nuestro plan en el autobús.

En cuanto nos bajamos, salimos corriendo hacia mi casa, pero me topé de frente con mamá en las escaleras.

—Eh, ¿a qué viene tanta prisa?

—Perdona, mamá. No te había visto.

—¿Y de dónde salió toda esa energía? Esta mañana estabas tan cansado que te dormiste encima del desayuno.

—¿De verdad? —dijo Robi tapándose la boca para no reír.

Lo miré fijamente.

—No fue tan divertido —dije.

—Pues la verdad es que sí fue divertido —dijo mamá entre risas—. Si lo hubieras visto

con toda la cara llena de avena.

Robi no podía aguantar la risa.

—¡Qué lástima habérmelo perdido!

—Gracias por la información, mamá, pero tenemos muchas tareas para mañana, así que te veré más tarde —dije.

Agarré a Robi y salí corriendo.

—¡No tan rápido! —gritó mamá—. ¿No quieren algo de merienda?

—No, no. Gracias. Como te decía, tenemos muchísimo que hacer.

—¿Están seguros de que no quieren comer nada?

—No, no, está bien. Ya te avisaremos si cambiamos de opinión.

—De acuerdo, voy a estar en mi oficina haciendo llamadas.

"Perfecto", pensé. Era la oportunidad ideal para ir a la cocina y buscar el ajo. Mi papá estaba en el trabajo, Susi seguía en clase de baile y sabía que cuando mamá se engancha al teléfono, puede estar horas. Era imposible que nos oyera.

Salimos corriendo a mi habitación, dejamos nuestras cosas en el suelo y repasamos nuestro plan para llevar a cabo la misión secreta del ajo. Tendríamos que tener mucho cuidado. Si nos sorprendían me llevaría un buen castigo porque, según mamá, el único lugar de la casa donde puede haber comida es la cocina. No hay *peros* que valgan. Para ella no hay excepciones. No se desayuna en la cama. No se come delante del televisor. Nada. Recuerdo el día en que Susi se llevó un trozo de pastel a su habitación. Cuando mamá se enteró, mi hermana lo tuvo que pagar bien caro. ¡No pudo ver televisión durante una semana!

Nos quitamos los zapatos para no dejar huellas porque el piso de la cocina estaba impecable. Mamá es una especie de detective de la limpieza. Siempre sabe cuando han pisado en sus suelos recién fregados. No queríamos dejarle ninguna pista.

—Oye, ¿no tendrás un suéter negro y unas gafas de sol? —preguntó Robi.

—¿Por qué?

—Porque los espías de las películas siempre van de negro y llevan gafas oscuras. ¿Por qué no nosotros?

Nos pusimos unas gafas negras y un suéter negro cada uno. Luego fui al armario y saqué un cinturón de herramientas que me había regalado papá por mi último cumpleaños. Tiene herramientas de verdad, no juguetes de plástico para bebés. Tiene un martillo, clavos, una llave inglesa y una linterna. Nunca sabes qué vas a necesitar cuando vas en una misión secreta, así que me lo abroché en la cintura.

—Oye, ¿y yo qué? —dijo Robi—. ¿Yo no llevo herramientas?

—Toma esto —le dije pasándole un *walkie talkie*—. Tú me cubrirás la espalda. Quédate fuera de la cocina y si ves venir a mi mamá, dices 'código rojo, código rojo'.

Entorné la puerta y me asomé afuera. No había nadie.

—¿Estás listo, Robi?

—No me llames Robi, llámame Agente X.

—Está bien, jefe.

Nos escabullimos por la puerta y la cerramos para que mamá creyera que seguíamos haciendo las tareas. Podíamos oír su voz en el pasillo hablando por teléfono, 'bla, bla, bla...'

"Ahora o nunca", pensé.

Bajamos de puntillas por las escaleras a la cocina sin hacer el más mínimo ruido.

—Bueno, tú quédate fuera de la cocina. Y no

lo olvides: si ves venir a mi mamá, avísame por radio diciendo 'código rojo, código rojo'.

—De acuerdo, jefe.

Robi se quedó fuera de la cocina y yo empecé a husmear.

Mi problema principal era que no tenía ni idea de cómo era el ajo. Sabía que mi madre lo usaba para cocinar y conocía su sabor, pero nunca lo había *visto*. Empecé a abrir y cerrar todos los cajones con mucho cuidado para no hacer ruido. Nada. Abrí el refrigerador y miré dentro. No había nada que no reconociera.

—¿Lo encontraste? —me dijo Robi por radio.

—Aún no. ¿Por ahí todo despejado?

—Sí. Ningún agente enemigo a la vista.

—¿Eh?

—Que tu mamá no viene.

—Por cierto, ¿sabes cómo es el ajo?

—Sí, es una especie de polvo. Mi madre lo
pone en la comida.

—Estupendo. Gracias. Cambio y fuera.

Se me ocurrió mirar en el estante de las especias.

¡BINGO! ¡Ahí estaba! Justo al lado del jengibre. Ajo en polvo.

—¡Código rojo! ¡Código rojo! —dijo Robi por el *walkie-talkie*.

Sin perder ni un segundo me metí el frasco de ajo en polvo en el suéter y me dirigí hacia la puerta.

—¡AAAH!

Me di de bruces con mamá justo cuando Robi apareció por detrás de la esquina.

—¿Se puede saber qué hacen? —preguntó.

El corazón me latía a mil por hora.

—Nada, buscando algo de comer —le dije.

—Nos ha entrado hambre de tanto estudiar.

—¿Qué han merendado?

—Esto, unos palitos de queso. Pero bueno, tenemos que terminar. Hasta luego, mamá —le dije mientras salía disparado por el pasillo. Cerré la puerta de un portazo cuando llegué a mi habitación y saqué el frasco de la camiseta.

—¿Cómo es posible que esto ahuyente a los vampiros? —le pregunté a Robi.

—No les gusta el olor —dijo.

Abrí la tapa y olisqueé con fuerza.

—*¡Puaj!* No me extraña. Esta cosa apesta —dije tapándome la nariz.

Volví a cerrar el frasco y lo escondí en mi armario. Ahora no podría espolvorearlo porque mis padres lo olerían cuando vinieran a darme las buenas noches. Tendría que esperar a que todo el mundo estuviera dormido.

—Vaya, no nos han pillado por los pelos —le dije a Robi dándole una palmada en la espalda—. Gracias, compañero.

—Querrás decir, Agente X.

—Gracias, Agente X.

—A tu disposición. Para eso están los amigos.

CAPÍTULO 5

Vampiros, ¡prepárense!

—Buenas noches, mamá. Buenas noches, papá.

—Buenas noches, Calixto. Y recuerda, nada de levantarse de la cama esta noche, ¿eh?

—No me levantaré.

—¿Seguro que no quieres un sorbito de agua? —preguntó mamá.

—Seguro.

—¿Seguro que no tienes que orinar? —preguntó papá—. Porque esta vez te aseguro que no te dejaremos levantarte.

—No, estoy bien.

—Bueno, entonces buenas noches, cariño. Que tengas dulces sueños —dijeron mis padres dándome un beso.

—Acaben de marcharse —dije entre dientes mientras salían por la puerta.

Mis padres cerraron la puerta y me dejaron solo en la oscuridad.

Esta vez no estaba asustado. Tenía el ajo en polvo. ¡Esta vez los vampiros no se atreverían conmigo!

Esperé a que se hiciera de noche cerrada. Cuando me aseguré de que todo el mundo estaba dormido, puse manos a la obra.

Abrí el cajón donde había escondido el ajo en polvo, saqué el frasco y giré la tapa.

—*¡Puaj!* Esta cosa es realmente apestosa —dije tapándome la nariz.

Empecé a buscar mi linterna en la oscuridad de la habitación.

De pronto, me golpeé el dedo meñique del pie contra la pata de mi cajonera. Me tragué el grito de dolor y empecé a saltar como un loco por toda la habitación, sujetándome mi dedo dolorido.

Encontré mi linterna en mi calabaza de plástico de Halloween. La encendí y enfoqué la luz por todas las esquinas.

—Muchachos, ¿dónde creen que debería poner el ajo en polvo? —pregunté a Muelas, a Edi y a Bananas.

—Junto a la ventana —dijo Muelas.

—Junto a la puerta —dijo Bananas.

—Bajo la cama —dijo Edi.

—Gracias, compañeros. Espero tener suficiente para poner en todos esos sitios.

Fui por toda mi habitación de puntillas espolvoreando ajo en polvo bajo la cama, en el alféizar de la ventana y junto a la puerta.

—Ya está, creo que con esto funcionará

—dije agitando el frasco con fuerza para asegurarme de que no quedaba nada dentro.

Me metí en la cama y abracé a Muelas, a Edi y a Bananas.

—Buenas noches, amigos —susurré.

—*¡Puaj!* —dijeron todos ellos—. ¡Esta habitación apesta!

—Lo siento, muchachos. Se supone que tiene que apestar. Eso es lo que mantiene alejados a los vampiros. Pero, ¿saben qué? Tengo una idea.

Me bajé de la cama, saqué tres ganchos de tender la ropa de mi caja de tesoros y le puse uno a cada uno en la nariz.

—Do puedo dedpirad bien —dijo Muelas.

—Dio tampoco —dijo Bananas.

—Redpiden pod la boca —dijo Edi.

Estaba muy cansado y esta vez realmente deseaba dormir.

—Esta noche no tienen que hacerme compañía. Voy a dormir como un lirón. Buenas noches.

Di un largo suspiro y cerré los ojos. Ahí estaba, jugando al béisbol en el parque. El sol brillaba. Los niños reían.

—Bueno —me dije abriendo los ojos—, está funcionando.

Volví a cerrar los ojos y apareció el parque de nuevo. Alguien me llamó. Sonreí y me giré poco a poco y ENTONCES... LO... VI. ¡Un vampiro! Corría hacia mí... Me agarraba...

—¡AAAAH!

Me incorporé de golpe y abrí bien los ojos justo antes de que me chupara la sangre. El corazón me latía con fuerza. Agarré a Muelas, a Edi y a Bananas y los sacudí.

—¡Despierten! ¡Despierten!

—Oye, ted cuidado. Vad a hacedme vomitad —dijo Bananas.

—Voy a echad mid galletad pod toda la cama —protestó Edi.

—Lo siento, muchachos, pero creo que, después de todo, esta va a ser una noche muy larga.

CAPÍTULO 6

Este plan apesta

Riiiinnngggg. Riiiinnngggg. Riiiinnngggg.

Agarré el despertador y lo arrojé con todas mis fuerzas. Salió volando por la habitación y se estrelló contra mi cajonera. Abrí un ojo y miré. Al menos ya había dejado de sonar.

Mientras me volvía a quedar dormido, papá entró en la habitación y empezó a sacudirme.

—Vamos, Ratón. Es hora de levantarse. Arriba, a comer huevos fritos y tortitas.

—Papi, cinco minutos más —le dije bostezando. Me había quedado dormido justo cuando empezaba a amanecer.

Papá olisqueó el aire: *esnif, esnif, esnif, esnif.* Luego se acercó a mí.

¡Oh, no! El ajo en polvo. Estaba tan cansado que me había olvidado por completo. Agarré el frasco y lo escondí debajo de la almohada.

Luego, papá se inclinó y empezó a olerme.

—Calixto, ¿no te dije anoche que te dieras un baño?

—Claro que me bañé.

—Pues aquí hay algo que apesta.

—Yo no huelo nada.

—¡Pues entonces no te funciona bien el hocico porque es realmente apestoso! —dijo papá tapándose la nariz—. Esto no hay quien lo aguante. Date prisa y vístete o perderás el autobús.

—*Uff,* por poco me pesca —susurré a Muelas, a Edi y a Bananas.

Me vestí a toda prisa y bajé las escaleras porque no quería que mamá entrase en la habitación.

Ese día, durante el recreo, fui a jugar *dodgeball.* ¡El *dodgeball* me encanta! Soy una especie de campeón de *dodgeball.* Siempre soy uno de los últimos niños en quedar eliminado.

Pero ese día estaba tan cansado que apenas podía moverme. Vi la pelota volar hacia mí, pero era como si cada pie me pesara cien libras.

Boing. La pelota me dio en el pecho y me rebotó a la nariz.

—¡Ja! ¡Qué inútil! ¡Estás eliminado cabeza de espagueti! —gritó Maxi.

Salí del campo y me senté en el banquillo.

—Ten cuidado, Calixto, te lo ruego —dijo Cleo—. Este vestido es nuevo y mi mamá no quiere que lo arrugue.

—Disculpa, Cenicienta —le dije bostezando.

—¡Guau! Debes estar cansadísimo —dijo Sonia—. A ti nunca te eliminan.

—*Estoy* cansadísimo.

—Pero bueno, ¿no ibas a intentar usar el ajo?

—Lo he hecho, pero no ha funcionado.

—¿De verdad?

—De verdad de la buena.

—Qué raro. A mí me funcionó. ¿Cuántos ajos usaste?

—¿Ajos? Usé ajo en polvo.

—¿En polvo? —dijo Maxi riéndose—. Eres un idiota.

—Oh, no —dijo Sonia.

—¿Qué?

—Sólo funciona con ajos *enteros*.

—¿Cómo lo sabes?

—Ya te lo dije. Me lo contó mi abuela y mi abuela lo sabe todo.

—No, se acabó el ajo para mí. ¡Apesta!

—Yo tengo una trampa de sueños —dijo Cleo—. Y no huele.

—¿Una qué?

—Una trampa de sueños. Fue hecha por indígenas americanos y se usa para ahuyentar los malos sueños. La cuelgo en la pared, junto

a mi cama, y atrapa todas las pesadillas antes de que lleguen a mi cabeza.

—¿Y dónde se puede conseguir una?

—No lo sé —dijo Cleo encogiéndose de hombros—. Mi tía me la compró en una reserva indígena en Minnesota.

—Ah, fenomenal. Eso me sirve de mucho.

—¿Por qué no cierras la ventana con cerrojo? —dijo Robi—. Mi papá echa el cerrojo de la ventana todas las noches.

Eso parecía sencillo.

—¡Eres un genio! —dije abrazándolo—. ¿Qué haría yo sin ti?

CAPÍTULO 7

¡Enciérralos!

Me moría de ganas de llegar a casa para comprobar si funcionaba el cierre de mi ventana.

—Hola, mamá. ¡Ya estoy aquí! —dije mientras subía las escaleras.

—Calixto, ¿eres tú? —dijo desde su oficina.

—Sí, voy a estar en mi habitación.

—Está bien, enseguida voy. En cuanto termine de hacer mis llamadas.

Abrí la puerta de golpe, arrojé mi mochila en la cama y corrí hasta la ventana para comprobar si funcionaba el cierre.

Qué mala suerte. Estaba oxidado y suelto. No era de extrañar que se colasen los vampiros.

Me tumbé en la cama y me quedé mirando el techo. Me di una palmada en la frente y me dije a mí mismo, "piensa, piensa, piensa".

Miré la cajonera y me llamó la atención algo brillante.

—¡Ya lo tengo! —Me levanté de un salto y agarré mi cinturón de herramientas—. ¿Cómo no se me había ocurrido antes?

¡Clavos! Los clavos son mejor que cualquier tipo de cierre. Así que me dispuse a clavar la ventana al marco. ¡Así jamás podría pasar el vampiro!

No quería que mamá oyera los martillazos, así que puse la música a todo volumen.

Luego, me coloqué el cinturón y puse manos a la obra.

¡*Bang, bang, bang!* ¡*Bang, bang, bang!* Debí poner, al menos, cuarenta clavos.

Quería asegurarme de que no dejaba ninguna grieta por la que pudiera colarse un vampiro.

—Perfecto. Creo que esto funcionará —dije satisfecho—. A ver si puedes pasar por ahí, vampirillo tonto.

CAPÍTULO 8

Ris, ras

Aquella noche me puse el pijama silbando de alegría. No podía parar de sonreír. ¡Ahora estaría a salvo de los vampiros!

Alguien llamó a la puerta y di un brinco.

—Calixto, ¿ya estás listo para el cuento?

Era papá.

—Sí, papá.

—Bueno, ¿qué leemos?

—¿Puedes leerme algo del libro de cuentos de hadas?

—¿Qué te parece el Castillo de Drácula?

—Mejor no. ¿Por qué no me lees el cuento de los caballeros y los dragones?

Mi papá abrió el cuento y empezó a leer.

—Érase una vez...

Ris, ras.

—Un horrible dragón...

Ris, ras.

—¿Oíste eso? —preguntó papá.

Ris, ras.

—¿Qué? —le dije.

Ris, ras.

—Ahí va otra vez. Parece como si algo estuviera rascando el cristal de la ventana.

Mi corazón empezó a latir con fuerza. *¡TUN-TUN, TUN-TUN, TUN-TUN!*

Claro que lo había oído, pero no quería que papá se acercara a la ventana, así que le dije:

—No oigo nada papá.

Pero esta vez el ruido sonó más fuerte.

RIS, RAS.

—¿Qué demonios? —dijo papá. Se levantó y empezó a caminar hacia la ventana.

—¡NOOOO! —grité saltando de mi cama hacia papá.

Pero no llegué a tiempo y caí de narices. *¡Cataplof!*

Mi papá corrió la cortina para mirar afuera y vio la rama del árbol que había estado golpeando la ventana. Pero también vio los clavos... los cuarenta clavos.

Y, madre mía, ¡cómo se puso! Los ojos le saltaban de la cara y se puso rojo como un tomate.

—¡CALIXTO FIN! —gritó—. ¿QUÉ HAS HECHO?

Me quedé mirándolo desde el piso.

—No te enojes, papá —le dije con la voz llorosa mientras me caía una lágrima por la mejilla.

En ese momento, entraron Susi y mamá.

—¡Te acabas de meter en un BUEN lío! —dijo Susi.

Mamá se quedó ahí boquiabierta. Luego se giró hacia papá.

—Ya te dije que no le regalaras ese cinturón de herramientas por su cumpleaños. Es demasiado pequeño.

—CALIXTO, QUIERO QUE ME DES UNA EXPLICACIÓN AHORA MISMO. ¿QUÉ TE HA LLEVADO A HACER ALGO ASÍ?

Empecé a llorar.

—Los vampiros... sangre... la ventana... me perseguían... Sonia me dijo que el ajo... pero apesta y... no había cierre... ¡ME VAN A ATRAPAR!

—¡¿Qué?! —dijo papá.

—Calixto, ven aquí —dijo mamá extendiéndome los brazos.

Me levanté, me senté a su lado en la cama y me abrazó con fuerza.

—Me parece que ya sé lo que está pasando. Mi vida, ¿estás teniendo pesadillas?

—Sí —dije tratando de calmarme.

—¿Y por qué no nos lo dijiste?

—No quería que pensaran que soy un bebé.

—Yo nunca pensaría eso de ti.

—Mira, hijo —dijo papá, que se había calmado un poco y ya no tenía la cara tan roja—. Cuando Susi tenía tu edad también tenía pesadillas.

—¿De verdad? —dije mirando a Susi.

—¡No! ¡Qué va!

—Suuu-siiii —dijo papá.

—Puede que alguna vez —asintió mi hermana.

—Bueno, ¿y qué hiciste para que desaparecieran?

—¿Te parece si le contamos nuestro secreto? —le dijo papá a Susi.

—Sí, contémosle el secreto. Parece que los necesita —dijo Susi.

—¿Que *los* necesito? —pregunté—. ¿Quiénes son *los*?

—Ellos —dijo Susi.

—¿Y quiénes son *ellos*?

—Los policías de los sueños.

—Verás —dijo papá—, cuando Susi tenía tu edad, también tenía pesadillas, así que llamamos a los policías de los sueños. Desde entonces, han estado protegiendo su habitación.

—¡Qué chévere! —dije emocionado—. ¿Y qué hacen los policías de los sueños?

—Cuando vas a dormir —dijo Susi—, se quedan toda la noche vigilando por si llega alguna pesadilla. Si ven alguna, la capturan con el destapador de la taza, la inmovilizan con su cazamariposas gigante y luego la hacen desaparecer con un atomizador especial.

—Ya hablaremos mañana —dijo papá—, pero ahora quiero que te vayas a dormir.

—Gracias, muchas gracias. Me siento mucho mejor.

—Buenas noches y felices sueños —dijeron

todos mientras salían de mi habitación.

Me acomodé entre las sábanas, cerré los ojos y pensé, "adelante, policías de los sueños, vengan y hagan su trabajo".

CAPÍTULO 9

¡Mentirosos!

—¡Calixto! —dijo mamá—. Arriba. Es hora de levantarse.

La oí llamarme, pero estaba tan cansado que ni siquiera podía levantar la cabeza de la almohada.

—¡Qué tontería esa de los policías de los sueños! —susurré enojado—. Creo que se inventaron esa historia para que me fuera a dormir. ¡Anoche regresó el vampiro y los policías de los sueños no vinieron a rescatarme!

—¡Calixto! —insistió mamá—. Baja ahora mismo o perderás el autobús.

Me levanté a regañadientes, me puse la ropa y bajé a la cocina.

—¿Se puede saber qué te ha pasado? —dijo Susi con sorna—. ¡Estás hecho un desastre!

Al mirarme me di cuenta de que llevaba los calcetines de diferentes colores, de que tenía la camiseta al revés y de que había olvidado ponerme los pantalones otra vez.

—Para su información, anoche no pegué un ojo. ¿Y saben por qué? Porque los policías de los sueños no existen. Ya sé que lo inventaron para que me fuera a la cama. No son reales. Anoche los llamé y no vinieron. ¡No existen!

—Tranquilo, Calixto. Cálmate —dijo papá—. Lo que pasa es que aún no los has entrenado.

—¿Entrenado?

—Claro —dijo Susi—. No aparecen porque sí. Primero tienes que elegir a tus policías de los sueños y luego tienes que entrenarlos.

—¿Quiénes son *tus* policías de los sueños?

—Ramoncito, Dormilón y Risueño. Los tuyos podrían ser Muelas, Edi y Bananas. Si quieres puedo ayudarte a entrenarlos cuando regresemos de la escuela.

Salí corriendo hacia Susi y le di un fuerte abrazo.

—Eres la mejor hermana del mundo —dije.

—Sí, sí, ya lo sé. Ahora ve a cambiarte. No quiero que me vean con un tipo tan raro.

CAPÍTULO 10

Policía de los sueños al rescate

Susi y yo nos pasamos la tarde enseñando a Muelas, Edi y Bananas a ser policías de los sueños.

Aquella noche me moría de ganas de ir a la cama. Estaba convencido de que mis muchachos iban a hacer desaparecer al vampiro.

Mi padre vino y me tapó con las sábanas.

—Bueno, ¿ya están preparados Muelas, Edi y Bananas para la acción?

—Sí —dije con una sonrisa—. ¡El vampiro va a lamentar haberse acercado a mi habitación! Buenas noches, papá.

—Buenas noches, Ratón. Dulces sueños —dijo, y me dio un beso en la mejilla.

—Seguro que lo son. Buenas noches.

Papá cerró la puerta y oí sus pasos alejándose por el pasillo.

Miré a Muelas, a Edi y a Bananas y les dije:

—Muchachos, ¿están preparados?

—Sí, mi capitán, estamos preparados —dijeron todos con un saludo militar.

—¡Demos a este vampiro su merecido!

Me acomodé entre las sábanas, cerré los ojos y dejé escapar un gran suspiro. Por fin iba a ser capaz de dormir bien toda la noche.

En cuanto me quedé dormido, apareció el vampiro y se acercó a mí.

—Vamos, muchachos —grité.

Muelas, Edi y Bananas se levantaron de un brinco y gritaron:

—Policía de los sueños, ¡al rescate!

Muelas agarró su arco y disparó el destapador de la taza, que voló por toda la habitación y clavó al vampiro a la pared.

—Buen disparo —dije.

—Ahora no te escaparás —dijo Edi, que corrió hacia el monstruo con su cazamariposas y lo atrapó.

El vampiro trató de escaparse, pero le fue imposible.

—Despídete, abusón chupasangre —dijo Bananas—. Estás a punto de ser atomizado—. El mono apuntó su atomizador a la cara del vampiro y apretó.

El monstruo se esfumó ante sus ojos.

Me bajé de la cama, corrí hacia Muelas, Edi y Bananas y les di a todos un fuerte abrazo.

—Muchachos, han estado fabulosos —dije emocionado.

—No ha sido nada —dijo Muelas.

—¡Qué divertido! —dijo Edi.

—Calixto, vete a dormir —dijo Banana—. Nosotros nos quedaremos vigilando.

—Gracias, muchachos.

El resto de la noche dormí como un bebé.
Cuando sonó el despertador, me levanté de la
cama y les di un fuerte abrazo a Muelas, a Edi
y a Bananas.

—Han estado geniales, muchachos —dije.

—Ha sido un placer —dijeron ellos—. ¿Podemos acostarnos ya? Hemos estado en vela toda la noche.

—Por supuesto. Vayan y descansen. Y recuerden que la patrulla empieza esta noche a las ocho en punto.

Me vestí y corrí abajo.

—Bueno, parece que alguien ha descansado esta noche —dijo mamá.

—Sí —dije—. He tenido unos sueños magníficos. He soñado que lograba un jonrón, que me regalaban un perrito y que iba a Mundo Acuático. Gracias, papá.

—Bueno, ahora que la oscuridad ya no te asusta, a lo mejor podemos acampar en el jardín un día de estos.

—Poco a poco, papá. Poco a poco.

Queridos lectores:

Llevo muchos años de maestra y tengo dos hijos, por eso sé que muchos niños tienen miedo a la oscuridad. Y sé que las pesadillas pueden ser aterradoras.

Cuando era pequeña dormía con las sábanas sobre la cabeza. Pensaba que había un monstruo debajo de mi cama que salía por las noches. Mi mamá y mi papá me prepararon un atomizador contra monstruos y yo lo ponía por toda la habitación antes de dormir para ahuyentarlos.

Seguro que alguna vez has tenido una pesadilla. Si quieres contármela, escríbeme a:

Ready, Freddy! Fun Stuff

c/o Scholastic Inc.

P.O. Box 711

New York, NY 10013-0711

Espero que hayan disfrutado tanto leyendo *¡Socorro! ¡Un vampiro!* como yo escribiéndolo.

¡FELIZ LECTURA!

Abby Klein

Pasatiempos de Calixto

NOTAS SOBRE TIBURONES DE CALIXTO

Seguro que muchos animales del océano tienen pesadillas sobre el gran tiburón blanco. ¡Es verdaderamente temible!

EL GRAN TIBURÓN BLANCO

El gran tiburón blanco puede medir más de 21 pies de longitud.

Puede pesar más de 7.000 libras.

Tiene de 2 a 3 filas de dientes, y cuando se le cae un diente, le vuelve a crecer.

Pero no te preocupes, no les *gusta* comer gente. Es más, nos tienen miedo. Los humanos son sus únicos enemigos.

LA TRAMPA DE SUEÑOS DE CALIXTO

En la escuela, Cleo me contó que tenía una trampa de sueños del pueblo indígena ojibway. Los ojibway hacen estas trampas para atrapar los sueños malos y dejar que los buenos lleguen a nuestras mentes.
Cuando estaba teniendo mis peores pesadillas decidí hacer mi propia trampa para sueños.

Para hacer una trampa de sueños como la mía necesitas:

Un pequeño aro o una corona de ramas que puedes comprar en una tienda de manualidades.

Una cuerda (o cordel) de unos cinco pies de largo

Cuentas con orificios grandes

Varias plumas

1. Ata al aro un pedazo de cuerda de unos dos o tres pies de largo.

2. Ve pasando la cuerda de un punto del aro a otro, como en el dibujo, hasta que formes una red. Cuando se te acabe la cuerda, ata el extremo al aro.

3. Corta dos o tres pedazos de cuerda, de unas seis pulgadas cada uno, y enhebra las cuentas. Ata una o dos plumas en un extremo de las cuerdas.

4. Ata las cuerdas con cuentas y plumas en la parte inferior del aro. Ata otro cordel en la parte superior del aro formando un asa, y ya está. Cuelga la trampa encima de tu cama.

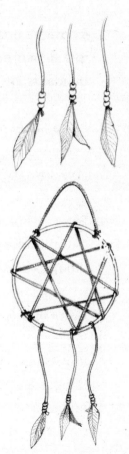

¡Que tengas felices sueños!

ATOMIZADOR PARA MONSTRUOS

Si tienes pesadillas o te preocupan los vampiros, los monstruos y otros seres temibles de la noche, puedes hacer un atomizador especial para monstruos.

1. Consigue una botella vacía de atomizar (de las que tienen una palanca; la encontrarás en una tienda de artículos de limpieza).

2. Llena la botella de agua.

3. Pon dos gotas de colonia o de jugo de limón.

4. Forra la botella con un papel blanco y escribe "Atomizador para monstruos". También puedes dibujar cosas que te alegren.

5. Rosea un poco de atomizador por tu cuarto cada noche antes de acostarte para deshacerte de los monstruos. A los monstruos no les gustan los dibujos alegres ni los olores dulces o ácidos, así que esto los mantendrá alejados.

CONSEJOS DE CALIXTO PARA PREVENIR PESADILLAS

1. No veas películas de terror ni leas cuentos de miedo antes de acostarte.

2. En el momento de acostarte, piensa en algo divertido que te haya pasado durante el día.

3. Deja entornada la puerta de la habitación.

4. Mantén encendida una luz durante la noche.

5. Duerme con tu animal favorito o con tu manta favorita para que te proteja.

6. Usa el atomizador de monstruos.

Recuerda que las pesadillas no son reales. Que las sueñes no quiere decir que vayan a suceder alguna vez.

¿Estás listo para Calixto?

Calixto está dispuesto a hacer lo que sea por perder un diente. Hasta buscarse un problema con su mamá.

Ahora que Calixto ha encontrado algo perfecto para mostrar en clase, ¿cómo lo llevará a la escuela sin que nadie se entere?

Ha llegado el día de las calificaciones y la investigación nocturna de Calixto trae consecuencias inesperadas.

¿Podrá Calixto ganarle al abusón de Maxi y conseguir el puesto en el equipo de hockey?

¡NO TE PIERDAS LAS OTRAS AVENTURAS DE CALIXTO!